Au delà du miroir

suivi de

La mauvaise herbe

Sev Verleti

Sommaire

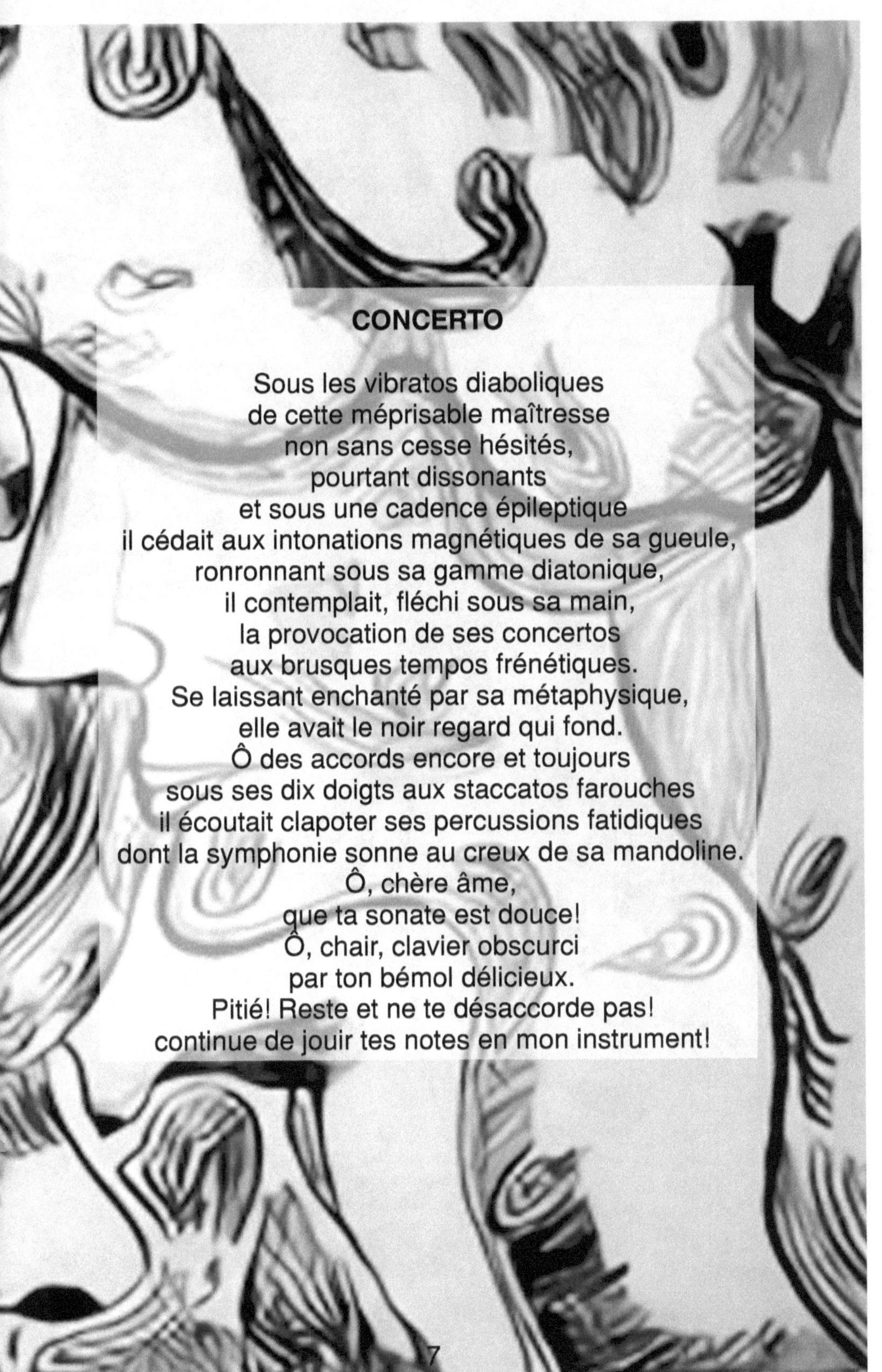

CONCERTO

Sous les vibratos diaboliques
de cette méprisable maîtresse
non sans cesse hésités,
pourtant dissonants
et sous une cadence épileptique
il cédait aux intonations magnétiques de sa gueule,
ronronnant sous sa gamme diatonique,
il contemplait, fléchi sous sa main,
la provocation de ses concertos
aux brusques tempos frénétiques.
Se laissant enchanté par sa métaphysique,
elle avait le noir regard qui fond.
Ô des accords encore et toujours
sous ses dix doigts aux staccatos farouches
il écoutait clapoter ses percussions fatidiques
dont la symphonie sonne au creux de sa mandoline.
Ô, chère âme,
que ta sonate est douce!
Ô, chair, clavier obscurci
par ton bémol délicieux.
Pitié! Reste et ne te désaccorde pas!
continue de jouir tes notes en mon instrument!

L'ANGE DE MINUIT

Au rythme cadencé de tes paupières câlines
qui vibrent sous l'intensité de ma symphonie,
dans les profondeurs de ta nuit cristalline
derrière tes pupilles moirées d'or et d'alumine,
je danse, je danse au bord du précipice.
Je vais et je viens
sous l'empreinte de ta main
le temps nous soûle, le temps nous soûle...
Ô, Ange de mes nuits,
allons, approche, approche, écoute...

Laisse - moi m'envelopper de tes soupirs de miel
qui exaltent, frôlent et murmurent et caressent
et glisser et fondre sur ta couche céleste.
Alors que ton chant m'ensorcelle,
j'embrasse la lumière de tes ténèbres.
Et je vais et je viens,
sous le battement de ton sein
le temps nous soûle, le temps nous soûle...
Ô Ange de minuit
Allons approche, approche écoute...

Laisse ma raison se noyer dans tes artères
déchirer le suaire que tisse la mémoire amère.
Alors que ton essence s'écoule sous ma nappe de chair,
je m'enflamme et m'envole jusqu'à l'infini de l'univers,
pour goutter le nectar des astres et cracher sur la terre,
absoudre les monstres et bannir le «Saint - père»,
souffler les bougies des enfants de l'Eden,
dans les jardins de l'oubli, éprouver les fleurs de Cythère,
puis, aux côtés du dieu des dieux, ce Jupiter,
siffler après les enfers!

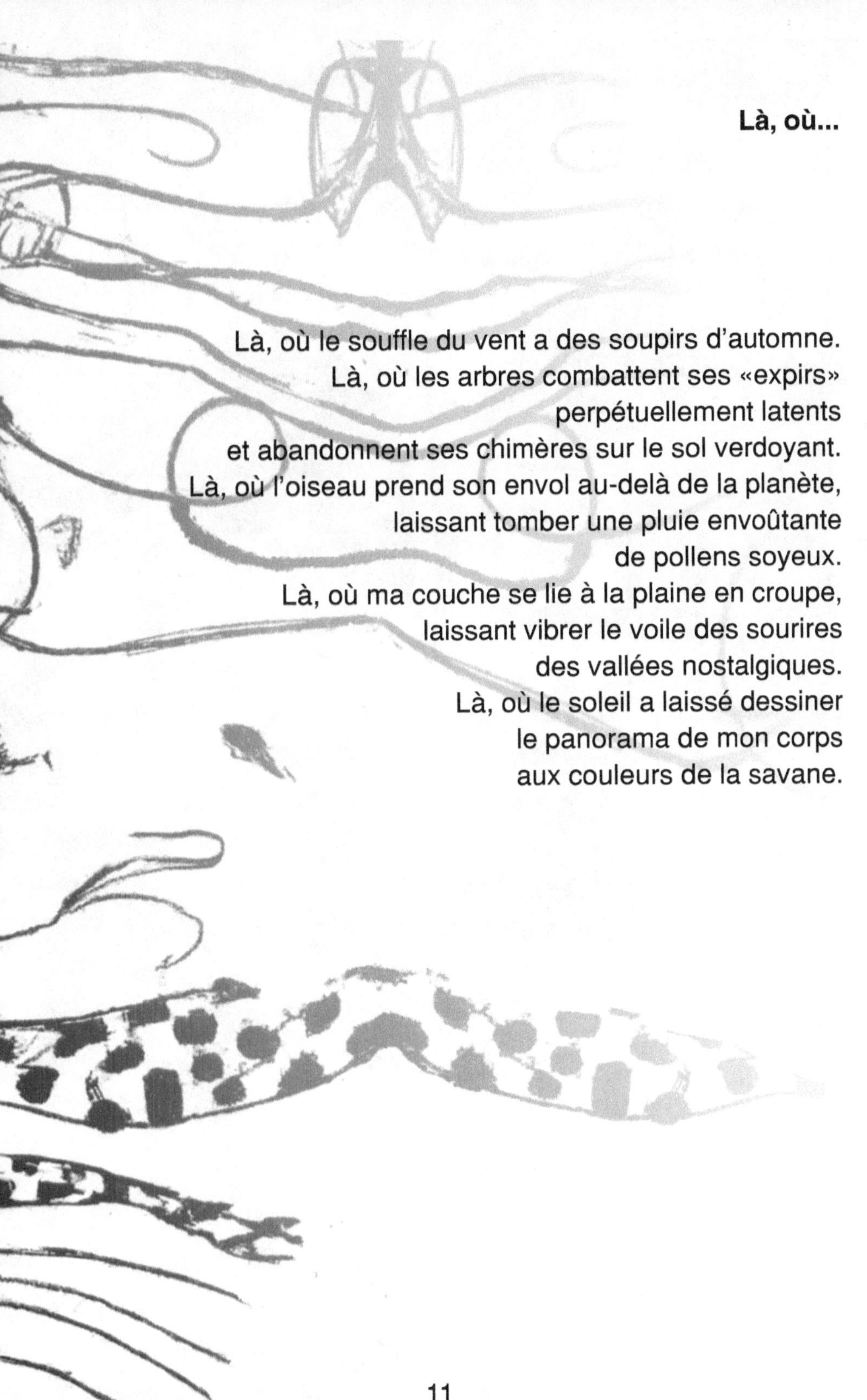

Là, où le souffle du vent a des soupirs d'automne.
Là, où les arbres combattent ses «expirs»
perpétuellement latents
et abandonnent ses chimères sur le sol verdoyant.
Là, où l'oiseau prend son envol au-delà de la planète,
laissant tomber une pluie envoûtante
de pollens soyeux.
Là, où ma couche se lie à la plaine en croupe,
laissant vibrer le voile des sourires
des vallées nostalgiques.
Là, où le soleil a laissé dessiner
le panorama de mon corps
aux couleurs de la savane.

JE ME SOUVIENS...

Après les premiers
mots d'accueil,
sa ferveur m'insufflait
sa grandeur,
son ardeur en moi imagée,
imaginée, inspirée.
Ce soir-là, les regards fiévreux
s'éternisaient et semblaient
se comprendre...

Je me souviens
de cette voix qui s'était tue,
et où dans le coin de chambre,
émerveillée,
aux persiennes closes,
je recensais des danses promises.

Je me souviens,
sous le toit mansardé, à la lampe,
dans l'aire fiévreuse
encensée d'une nuit
qui happa nos syllabes,
nos paroles chuchotées, mi-voix...
Du timbre grandi de sa voix
qui fredonne toujours en mon coeur.

À toi...

Ta présence, ton effluve illuminé,
entrouvre la porte d'ardoise qui se dérobe sans clef,
mon cœur attaché, écumé, «en-craie»
dans mon âme invitée, enivrée.
J'ai déverrouillé
la serrure, sans usure, pour ta caresse sur ma joue enjouée,
j'ai rêvé.
Sous tes doigts veloutés,
j'ai brûlé.
Sous la suavité de ta voix, dévoilé mes vérités,
trop dénudé mon identité, entité.
Sans fin, ton doux baiser,
j'ai savouré.
De battre, mon cœur s' est arrêté,
depuis que tu t'es éclipsé.

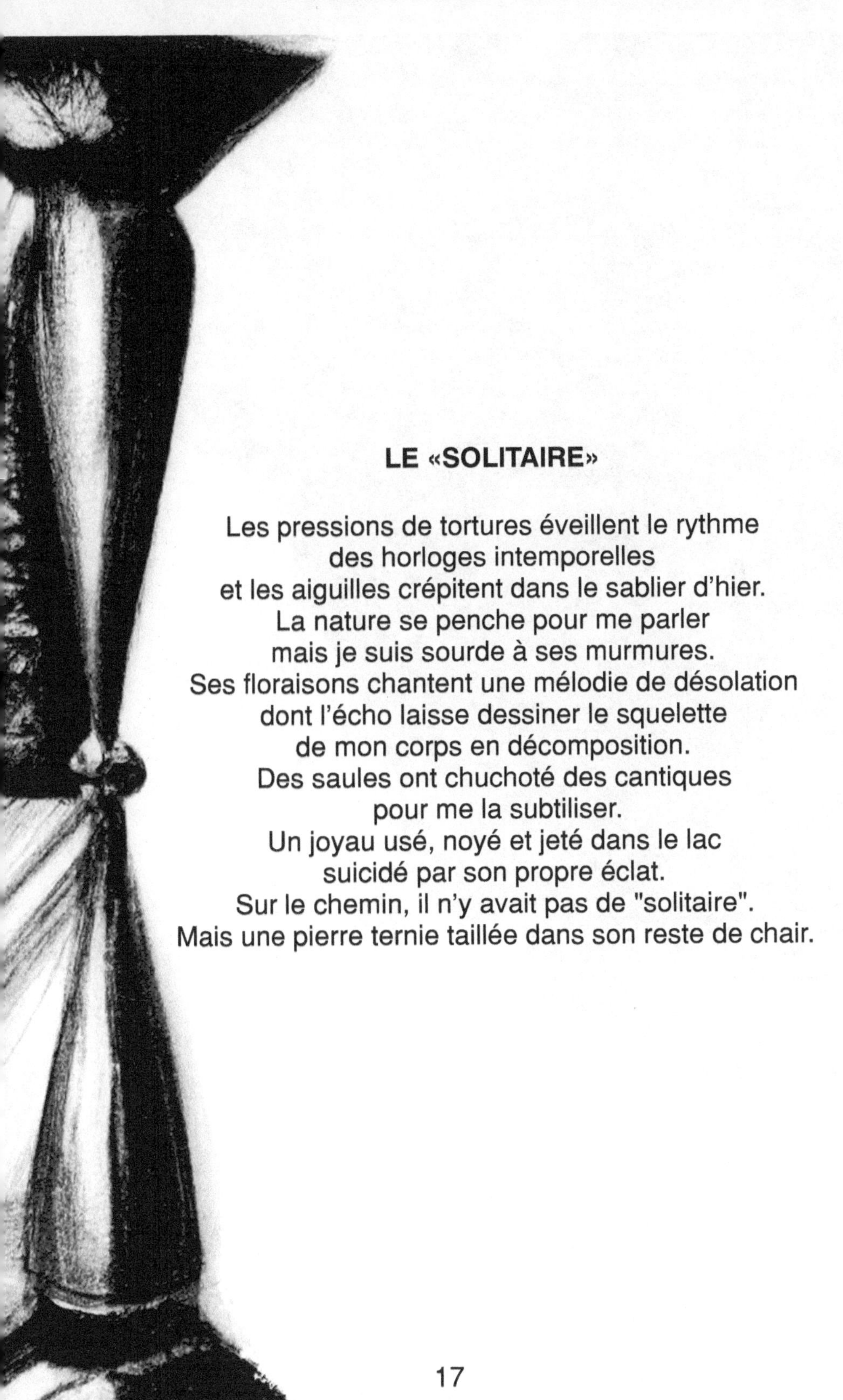

LE «SOLITAIRE»

Les pressions de tortures éveillent le rythme
des horloges intemporelles
et les aiguilles crépitent dans le sablier d'hier.
La nature se penche pour me parler
mais je suis sourde à ses murmures.
Ses floraisons chantent une mélodie de désolation
dont l'écho laisse dessiner le squelette
de mon corps en décomposition.
Des saules ont chuchoté des cantiques
pour me la subtiliser.
Un joyau usé, noyé et jeté dans le lac
suicidé par son propre éclat.
Sur le chemin, il n'y avait pas de "solitaire".
Mais une pierre ternie taillée dans son reste de chair.

REFLET DE LARME

Splendeur perdue
des nuits sans mystères.
Lueur de larmes aux blessures
sans scrupules.
Vagues terriennes,
miroir de lune sauvage.
Il n'y avait point de loi au prestige magique
mais une offense secrète à l'aube des reflux :
Arme des clameurs de "Loup-transe".
Les pleurs anciens sculptent
leurs sillons dans ma mémoire
et embrasent, de jour en jour,
mes songes affectés.

L'ESCALE

Le désespoir est comme une main qui m' étrangle le cerveau.
L' amputer ne servirait qu' à réinventer son chaos.
Mais pourtant Ô combien pardonner
à mes pensées alambiquées
par cette croix cruciale.
Seul l' écoulement charnel pourrait user mon affliction,
mais mon infortune est instable et intensifiée
par l'Être Humain qui l'infecte.
Cette terre est peuplée de ceux dont la présence;
l' existence exacerbent mes sens !
Mais tourne, tourne Monde !
Les jeux sont faits !
Toutefois, apaisée suis-je, quand mon cœur jette
l'ancre au port d'Aphrodite
et que sa coque se cale
contre engouement pour escale
au-delà de mon abjection
via l'émotion éternellement.

MON POTE : «LA MORT»

Les traces cutanées
sur mon écorce me terrassent.
Je suis au bord de l'abîme;
La nature chante
mes revendications;
Révolte des secrets interdits.
Le sol est mouvant
et mes pieds se dérobent.
La terre est noire des
chagrins obscurcis
par mes âges.
Je m' enfonce avec les stigmates
de la destruction
dans ma peau.
Les oiseaux chantent
le salut de mon âme.
L'instant présent était hier.
Mes yeux sont le passage
d'où jaillit l'élixir de la mort.
Je lui ai dit : «Je te salue» !
Elle ne m'a pas répondu.

GRACIEE

Les grains de sable se perlent telles des gouttes de cristal
et son eau s'écoule sous la cadence
des roulements de tambour.
Si je pouvais les ensorceler,
je les figerais tels des cristaux de frimas.
Des cauchemars fielleux
masquent une ardente fébrilité.
Des sensations de spleen abyssal
cherchent en vain une désinvolture.
Je voudrais me noyer
dans le puits de mes larmes
et les avaler sans peur
et sans regrets.
Enfin, je me coucherais
sur le sable qui recouvrirait
mes os et mes illusions,
telle une armure désignée :
antidote du temps.
Et l'étoile de feu colorée
par les nuances des siècles;
Conversion créée
par l'ère pour la combattre,
avec le linceul céleste
me dissimulant
pour m'éclairer;
Je serai libre, enfin
et GRACIEE !

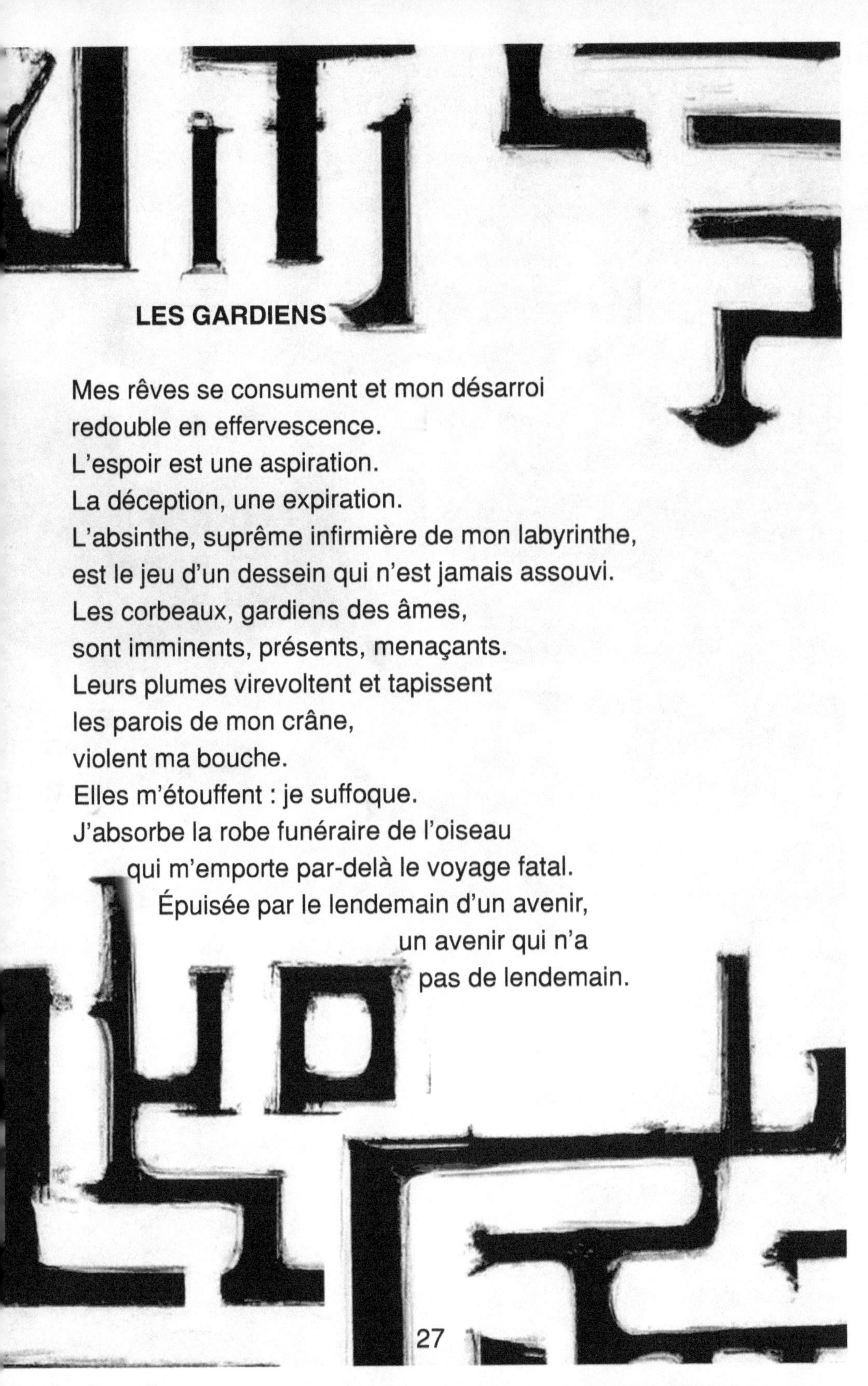

LES GARDIENS

Mes rêves se consument et mon désarroi
redouble en effervescence.
L'espoir est une aspiration.
La déception, une expiration.
L'absinthe, suprême infirmière de mon labyrinthe,
est le jeu d'un dessein qui n'est jamais assouvi.
Les corbeaux, gardiens des âmes,
sont imminents, présents, menaçants.
Leurs plumes virevoltent et tapissent
les parois de mon crâne,
violent ma bouche.
Elles m'étouffent : je suffoque.
J'absorbe la robe funéraire de l'oiseau
qui m'emporte par-delà le voyage fatal.
Épuisée par le lendemain d'un avenir,
un avenir qui n'a
pas de lendemain.

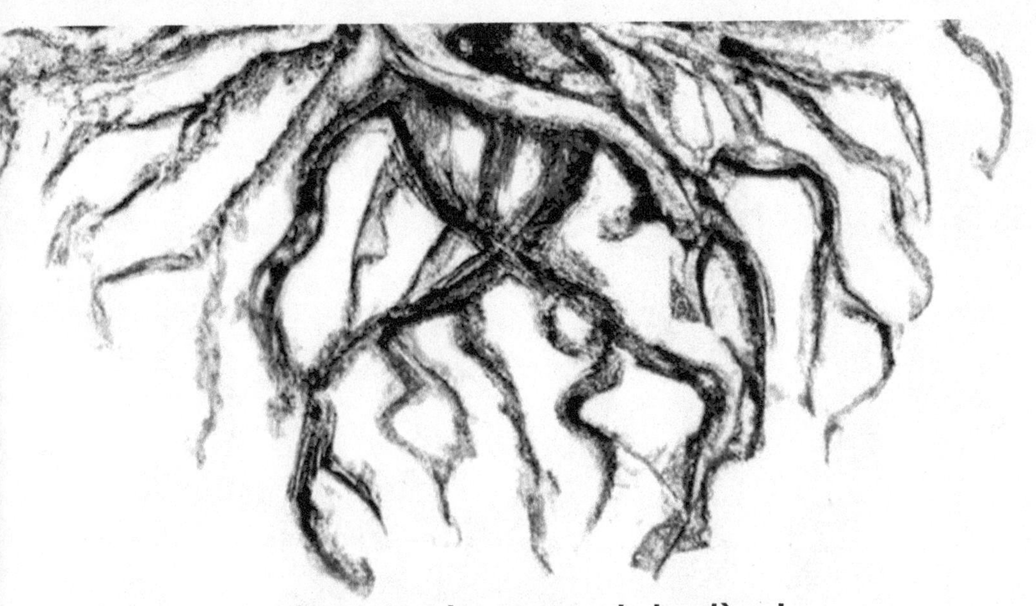

je vous prie, un peu de lumière !

Je me suis armée contre les morceaux d'hier.
Je suis comme un phœnix dans la mer
et qui, sans cesse, est ressuscité par son ultime combat.
Mais je vous prie, un peu de lumière...

Ennui de l'ennui, «Mais la solitude...»
Et je cherche en vain ma délivrance,
à travers la brise sépulcrale qui gronde et m'arrache les racines.
A travers mon allégresse étouffante et féroce.
Mes nerfs sont des os qu'aucune ablation ne peut rompre.
Mais je vous prie, un peu de lumière...

Seuls les lueurs de la lune pourraient redonner vie à mes
entrailles altérées par mes pensées inquiétantes.
Je suis une guerre perpétuelle entre la rage et la quiétude.
Mais je vous prie, un peu de lumière...

Pourquoi la lune me dévisage avec la haine
d'une face corrompue ?
Le noyau suranné de ma détresse lutte contre
des mémoires qui lui déchiquettent la raison.
Ma cascade de chair clame sur le sentier :
«Je vous supplie une métamorphose !»
J'aimerais mourir pour renaître immaculée.

L'OUBLI

Ils sont toujours là, les indicibles intrus tortueux de
mon esprit possédé !
Je ne puis les vaincre !
Brouillard de l'enfer qui vous poursuit telle une ombre
qui vous nargue comme une conscience.
Je ne puis de la main les chasser !
J'entends leurs rires pervers et accablants.
Confins du temps, abandonnez-moi.
Si mon sang était le Népenthès, je m'écorcherais
et m'enivrerais de ce breuvage.
Ainsi pour ces quelques dernières heures,
enfin exorcisée de ces antagonistes de l'être,
je profiterais, avec bonheur, de la paix et de l'extase.
Guidée par le vent, planerais au-dessus de l'Achéron.
Et si le ciel pouvait pleurer à son tour
et que de ses larmes s'écoulerait le Léthé,
alors j'oublierais cette amertume infinie,
laisserais sa souffrance me caresser le corps
avant de boire mon existence.
Et je jouirais de plaisir sur mon éternel amour
savourerais, avec gloire, mon dernier temps.

LES COULEURS PRIMITIVES

Le bonheur est une toile qui file dans nos têtes.
Il est une clameur qui ne s'exprime qu'à travers des larmes.
La souffrance est une source d'où coule
l'alcool du verbe :
«ÊTRE».
Les instants sont identiques aux nuages sans fin.
L'éternité n'a pas d'avenir.
Il y a le secret des rires qui sont flétris.
Les verbes font l'amour avec les phrases
qui n'enfantent aucun sens.
Le bonheur est un «flash» qui vous brûle les ailes
et vous quitte,
l'instant d'un dernier son mélancolique,
laissant derrière lui
des cinérites de peines,
brisées et éparpillées par le volcan de la détresse.
Elles s'envolent comme un papillon
aux fresques éteintes que raconte un tableau
abandonné au fond d'un grenier.
L'aube se battrait pour retrouver une atmosphère,
la mer serait là pour lui tendre le pinceau,
la vie était bien là pour poser devant le maître.
Mais les araignées ont laissé mourir leurs souvenirs
sous les combles et sur les vestiges.
Tout n'est que résidu et transparence.
Seule la pénombre règne au milieu d'une palette
qui ne chante plus.
Leurs parfums ont quitté l'espace et ma mémoire
morte au fond d'un grenier
qui n'a jamais existé.

INSOMNIA

Insomnie,
quand tu nous possèdes et que tu nous traînes
loin, très loin de notre langueur, là où la nuit
se métamorphose
perpétuellement en cauchemar.
Là où surviennent derrière nos paupières,
des pensées arabesques,
que nous piétinons sciemment
et qui foisonnent dans les sources
funestes que nul ne peut altérer.
Brutalement intervient le besoin
de Néant pour fondre
dans la paix du sommeil.

En chaque seconde féconde une éternité.
Comme l'effroi prend racine
quand la nuit se dessine
et que l'on subit sa pesante fatalité !

Insomnie,
lorsque tu jouis de ton abondante
énergie qui se mêle
à la puissante fatigue,
alors de l'alliage
de ces deux stigmates,
survient un orgasme
et accouche d'un requiem !
Les paupières sont cousues, les souvenirs ravivés,
le corps mou ;
mais la mémoire active s'agite avec son portrait fou !
Les demi-rêves qui effleurent l'irréalité comme une hypnose
qui nous volent, dans le courant de la nuit, notre aura, et nous
immerge dans le coma cérébral.
Les cinq sens sont immanquablement malades, brouillés
par les obscurités, hypertrophiés la journée par la nuit déficiente.
Maintes formes d'insomnies existent mais inutile de les dépeindre
car malgré leur diversité,
INSOMNIE :
tu es notre pire ennemi !

LE DESESPOIR

Le désespoir est comme une main qui
m'étrangle le cerveau.
L' amputer ne servirait qu'à réinventer son chaos.
Mais pourtant Ô combien pardonner
à mon âme abrutie
par cette croix cruciale.
Seul l'écoulement charnel
pourrait user mes maux,
mais mon infortune est instable et intensifiée
par l'Être Humain qui l'infecte.
Cette terre est peuplée de ceux dont la présence,
l'existence exacerbent mes sens !
Mais tourne, tourne Monde !
Les jeux sont faits !
Toutefois, je suis apaisée
quand mon cœur jette
l' ancre au port d'Aphrodite
et que sa coque se cale
contre engouement pour escale
au-delà de mon abjection
via l'émotion éternellement.

DÉSARROI

Comment définir des délires en flagrants délits !
J'ai perdu toute volonté dans mon irréalité.
Mais ne me lapidez pas !
Ingurgitez le «vin de la paresse».
Arrachez ce tissu qui voile l'évidence.
La quiddité des émotions glisse à travers les verbes
qui n'expriment plus aucun sens.
Ils ont saisi tout esprit charnel qui ferme mes visions
et les facteurs irréalistes ne m'exaltent plus.
Saisir l'absolu sans le flétrir : ni plus ni moins
qu'un «sang d'encre» insoluble
qui s'exprime sur un papier transparent
dans les vapeurs d'une chienne de vie.

*

Mon désarroi valse dans mes cauchemars
sur la réalité des temps perdus.
Le verbe d'autrefois danse avec l'exécration
d'une plaie bien trop ouverte.
Désirs de «Mal-Chance», accaparés par les réalités trop dures
d'une vie étalée par des souvenirs insensés.
Penser sous l'influence d'une peine insaisissable,
j'ai vécu l'horreur d'un instant inexprimé.
Mais ne soyez pas farouche !
Découvrez les contes d'antan
et soyez là pour caresser les larmes
qui pénètrent le cœur des hommes
Et vous, corps célestes, qui voyez demain !
Soyez indulgent !
Nous ne sommes Que des ÊTRES HUMAINS !

CLAMEUR

Mes feuilles d' été enveloppent mes peines cinglantes.
La sève de mes veinures se solidifie.
Je suis un chêne esseulé,
possédé par les armes de la passion éternelle
Le ciel est lourd et les étoiles pèsent sous son illumination divine.
Mes racines convulsées et torturées rugissent
dans le creux de la plaine sauvage.
Autour, la voix des hommes fusionne en néophyte
et m'intoxique par son poison suçant la moelle
de mon triste cerveau supplicié.
j'ai trop feint de clamer ma fin.
Les autres sont "libres"
mais n'ont pas de salive pour prier!
Moi, j'en ai trop pour HURLER!

À la longue

Jadis, je chantais mes cicatrices dévastatrices
pour dire à la vie : «J'existe».

Jadis, j'ai craché mon enfance
d'un crachat vermeil où s'oublie l'espérance.

Bref, à la longue, ma tête est devenue un chaudron
dans un bouillon de raisonnements nauséabonds.

Puis la vie est devenue Rock'n Roll
et je l'ai dansée à en perdre la boussole.

A la longue, l'adolescence
ça m'a consommé l'innocence.

A la longue, j'avais accroché mon feu à ton étoile
mais ça t'était complètement égal.

Bref, à la longue, je chante ma bohème
à travers mes poèmes
pour dire à la vie : «Je te HAIME»!

A MADAME « SA SEIGNEURIE» LA PSYCHIATRE

Avec votre doctorat cartésien
Votre humeur aux épines d'oursin
Et puis toujours vos
mêmes refrains
Qui fusent de vos putains
d'bouquins
Comme si vous m'récitiez le bottin
Tout ça c'est rien qu'du baratin
On a vraiment rien en commun.

Avec votre air mesquin
Vous vous croyez au-dessus
des «Saints».
Mais moi j'vous dis «Madone»
Moi, je joue pas
«Antigone» !

Madame «Je sais tout»
Vous captez
rien du tout !
Car si vous ôtiez
le verrou
De mon pauvre
cerveau fou
On vous jetterait
au trou !

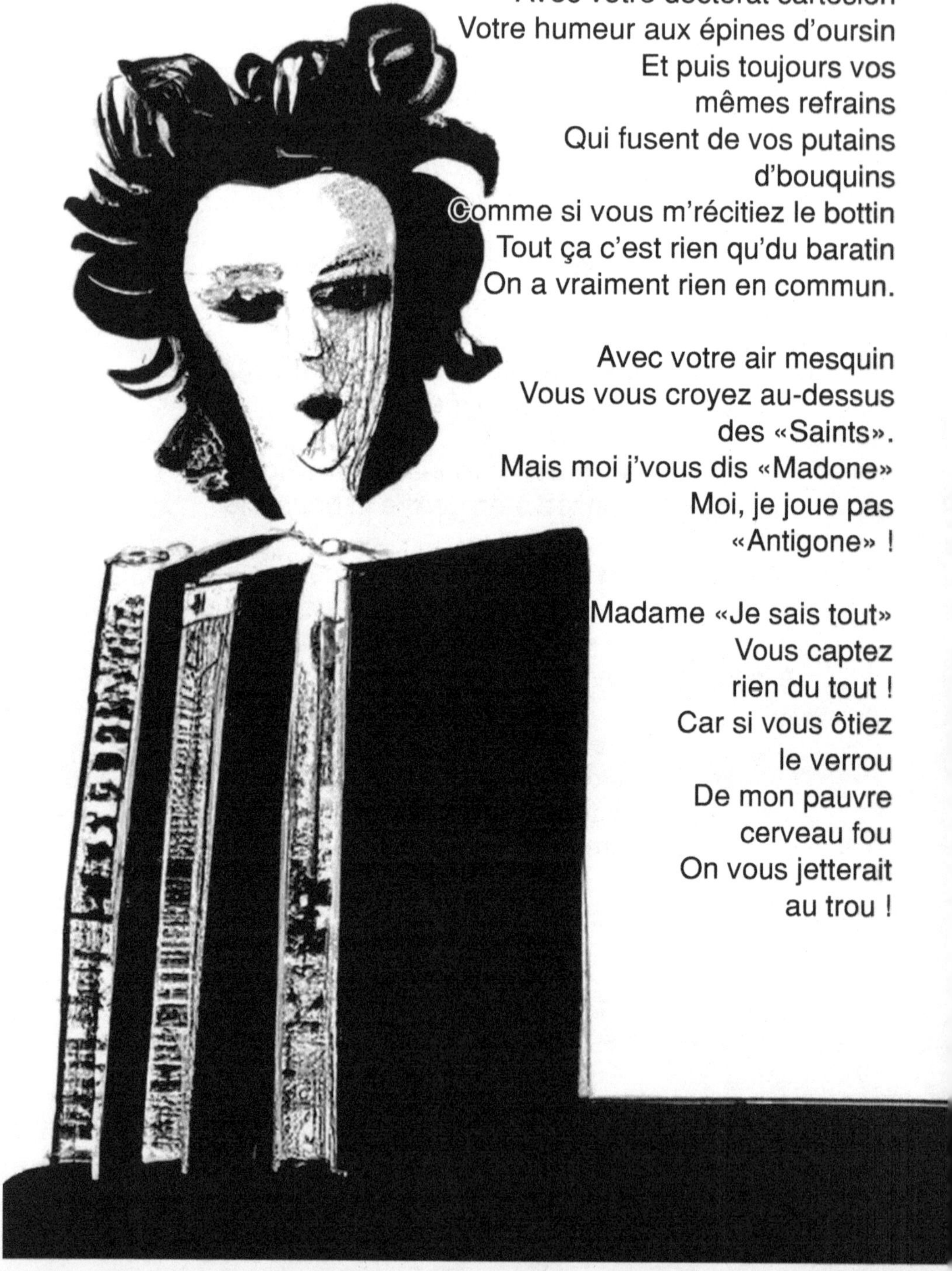

Alors rabaissez votre caquet
Cessez de vous donner
des airs malins
Sous prétexte que vous savez
combien
De cachets m'faire ingurgiter
pour qu'mon venin soit inhibé.

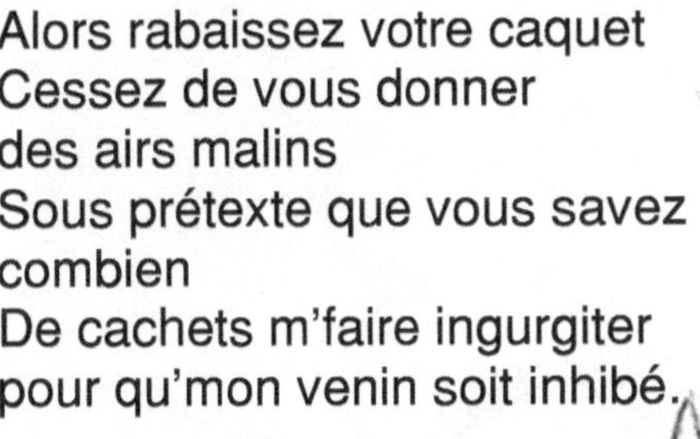

Je les prends comme
je prends des bonbons
En m'disant que ce sera
peut être pour de bon
Pour éviter d'sauter
d'un pont.
Mais mon sang est noir
Je le ronge comme mon
cafard
Sans vraiment
m'en apercevoir.
Sachant
qu'sans cesse vous
m' renvoyez l'miroir.

Pourtant quelque
chose étrangle
mes nerfs
Qui n'fait que retarder les
coups de tonnerre
Parce que mon crâne est rempli d'chimères !

Mais moi j'fais la guéguerre
Mais peu d'humains gèrent;

Pin Pon Pin Pon..., v'là la civière...!

SYNDRÔME LIE À UNE CONSULTATION

Labyrinthus dégage !
Je supporte pas tes badinages,
encore une faute de plus !
Il faut pas qu'on abuse !
Si je dois voir la Méduse
faudra peut être que je trouve une ruse !
Faut pas qu' elle me cadenasse avec emphase.
Ma maladie, c'est comme des métastases
qui me bousillent, qui me déphasent
la sombre boîte à phrases.
Je voudrais bien qu'on m'écrase
pour manifester des noises
qui bouillonnent dans mes paraphrases.
Faut pas me prendre pour une percluse,
d'où trépassent les infuses,
«Grand-mère» elle est obtuse.
Mais cette fois-ci, y' aura plus d'excuses !

LE CADEAU EMPOISONNE

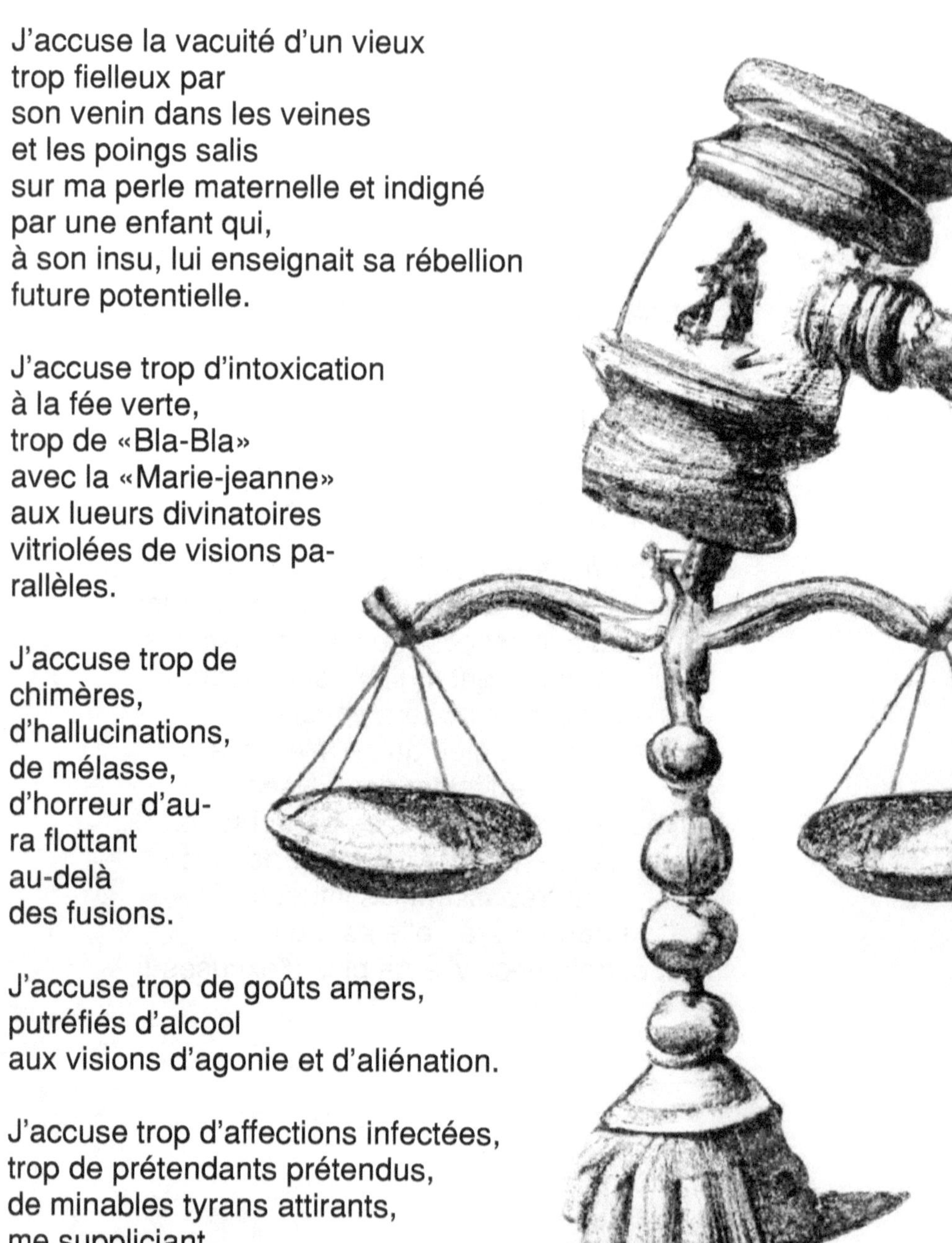

J'accuse la vacuité d'un vieux
trop fielleux par
son venin dans les veines
et les poings salis
sur ma perle maternelle et indigné
par une enfant qui,
à son insu, lui enseignait sa rébellion
future potentielle.

J'accuse trop d'intoxication
à la fée verte,
trop de «Bla-Bla»
avec la «Marie-jeanne»
aux lueurs divinatoires
vitriolées de visions pa-
rallèles.

J'accuse trop de
chimères,
d'hallucinations,
de mélasse,
d'horreur d'au-
ra flottant
au-delà
des fusions.

J'accuse trop de goûts amers,
putréfiés d'alcool
aux visions d'agonie et d'aliénation.

J'accuse trop d'affections infectées,
trop de prétendants prétendus,
de minables tyrans attirants,
me suppliant
le cerveau et le cœur.

J'accuse trop de tendresses volées
violentes,
d'innocence souillée,
de télécommandeurs de conscience
sacrifiant au baptême du feu la
dépouille de mon honneur.

J'accuse de m'être laissée
envahir par une fiévreuse
passion à outrance, à ma perte, en
sombrant sous
l'apparence d'une «éternité
érigée
à son charme tourmenté
et infidèle.

MOI , ici,
maintenant :

J'ordonne aux oppresseurs de
mon esprit abattu, de poser
les armes universelles.

Et, de ce fait, je plaide
la légitime démence
et réclame la purification
de mon âme
mutilée par toute cette
ignominie qui a contribué
aux délires incessants dont je suis
devenue la captive.

Mon châtiment fut de contracter
un cadeau empoisonné illégitime.

LE SOLDAT

J'ai embrassé le sourire embrasé de la réalité.
Foudroyée, brûlée, j'ai goûté
sa violente amertume.
Elle ! Sans scrupules !
Je suis le soldat anonyme
de ses batailles perdues.
L'idée qu'elles le soient me jette
dans la plaine de la damnation.
Mes lèvres sont transies par les mots
givrés, éclatés, piétinés,
d'avoir trop de fois regretté.
Mes maux pansés fûrent fracturés,
à cause de mon âme,
qui, devant une muraille, fût fusillée.
Je voudrais briser ce vitrail qui me dessine,
invisible à mes pupilles
et trop lourd en mon esprit.
Quittez vos abysses,
pitoyables créatures démoniaques, infâmes!
Il n'y a plus de place
dans mes blessures avides
de fidèles promesses, de rires et de baisers.

LE VAISSEAU FANTÔME

La foudre divine s'éclipse dans la mer.
Les ondes sont abattues auprès
d'un rivage sans marée.
Elle subsiste derrière le rideau des nuits étoilée,
néanmoins assombrie par son reflet
trop lourd du fardeau de leur agonie.
Hélas, rien n'apaiserait la lame du martyr noyé, emporté.
«Hors de ma vue : Beauté, Magnificence! J'implore le crépuscule,

la pluie diluvienne, la colère d'Éole, un cataclysme!
Je supplie le CHAOS!»
L'enfer du temps serait peut être mon repos.
Hadès, enveloppe-moi de ta nuit.
Tourmente, sueur de mon angoisse, déverse sur moi toute ta haine
Enivre-moi des parfums de l'horreur et laisse moi pourrir
au fond d'un vaisseau fantôme.

LA FOSSE ANGOISSE

Le fiel de l'effluve renferme une cage de mots!
La voix ne retentit plus.
Seuls les souffles agonisants frappent aux barreaux
qui sonnent dans le creux de mes mains convulsées,
frappées contre les cloches des églises abandonnées.
Sortir de cet enclos sordide aux vastes contusions encerclées par
le chant de la malédiction et imbibé d'odeurs de fosses.
Cadavres insoumis aux terreurs inhibées, cimentés de dépits.
Splendeur des horreurs, vastes empires des dieux et des démons,
que la force des bras et du cœur ne peut anéantir!
Finissons-en! Jetez la clef de cet endroit que l'insoutenable
odeur âcre de sang ne tolère plus.
JE, ne tolère plus, Ombres infortunées!

ASSEZ !

Mes dieux, j'ai renié,
pour pouvoir m'exhumer.
D'un coup de sabre, j'ai tranché
le fil de ma destinée tracée.
Parce que, blessée à jamais, j'ai pleuré
sur ma réalité !
Victime de mon enfance convulsée,
ma sensibilité fut amplifiée.
Victime de ma crédulité, on m'a suicidée !
Victime de la société, je réclame ma liberté
à travers l'illimité.
A jamais, je ne cesserai de regretter
d'avoir été déchirée
quand, disséqués,
on les mènera au jugement dernier !
Le pardon vous implorerez !
Ce poème est dédié
à toutes les étincelles atrophiées.
Pour qu' elles aient
la FORCE de dire ASSEZ!

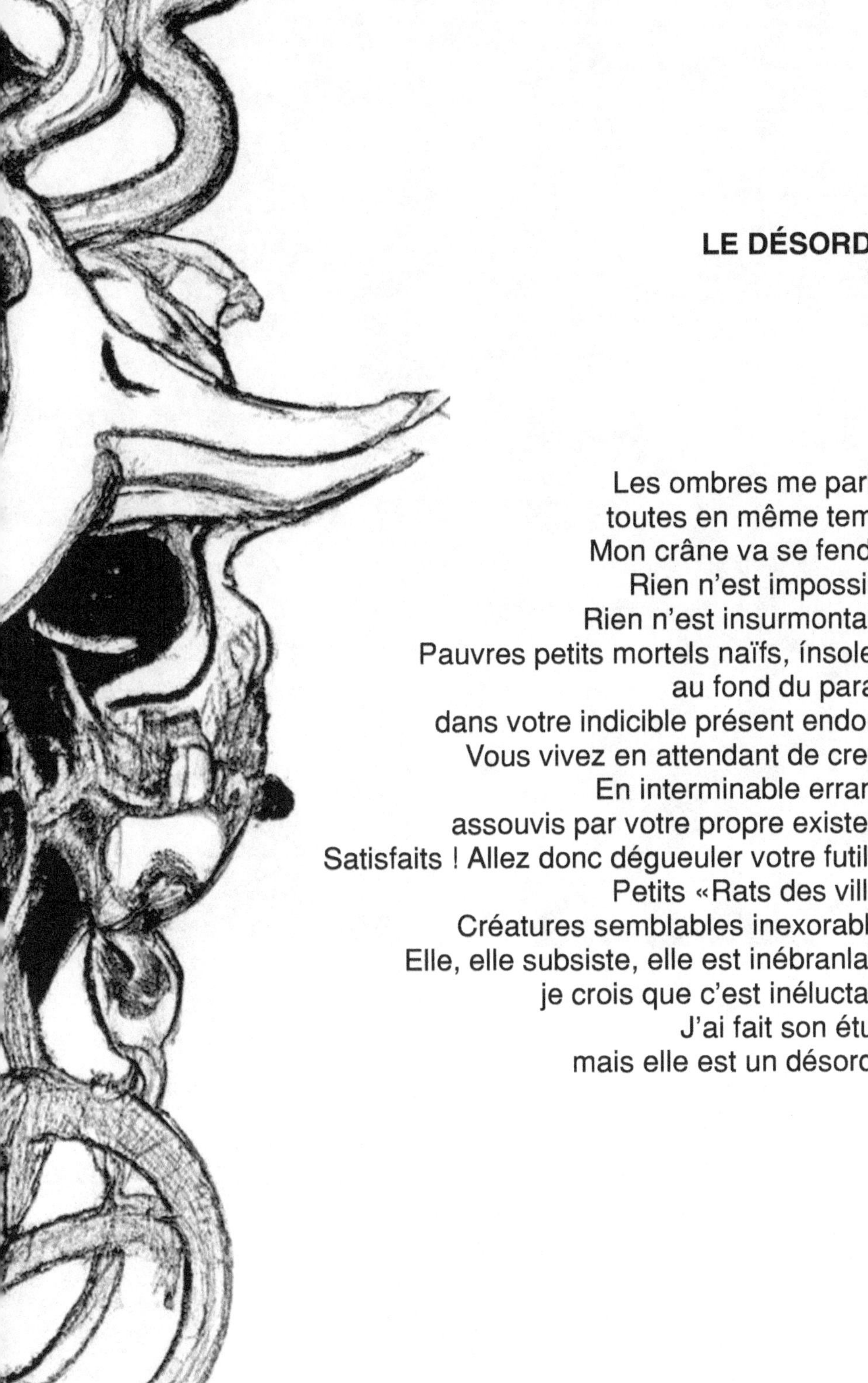

LE DÉSORDRE

Les ombres me parlent
toutes en même temps.
Mon crâne va se fendre !
Rien n'est impossible.
Rien n'est insurmontable.
Pauvres petits mortels naïfs, ínsolents
au fond du paradis
dans votre indicible présent endormi.
Vous vivez en attendant de crever.
En interminable errance,
assouvis par votre propre existence
Satisfaits ! Allez donc dégueuler votre futilité !
Petits «Rats des villes»
Créatures semblables inexorables l
Elle, elle subsiste, elle est inébranlable,
je crois que c'est inéluctable.
J'ai fait son étude,
mais elle est un désordre !

L'ÉTRANGER

Des obsessions ténébreuses
se bousculaient à ma porte
pour me dissocier.
La fièvre me possédait.
Les flocons de vie
me brûlèrent les ailes.
Au milieu des flammes blanches,
ma raison ne m'appartenait plus.
La clef de mon esprit était dérobée
par un étranger invisible,
invité par ces intrus mystérieux.
Embrasée, j'étais aveuglée
et à la fois fascinée.
Le spectre me calcinait les tympans,
mes poings me pulvérisaient la tête
et elle se cognait
aux murs de scories du tombeau
de ma triste raison perdue.
Puis mes mains m'arrachèrent
la peau du visage.
Ensanglantée,
je ne pouvais plus voir,
je ne pouvais plus entendre.
J'étais au bord de la divine folie.
Enfin... il s'éclipsait.
Alors j'ai pu cesser de me débattre et
j'ai attendu...
Bien qu'il me visite encore, parfois,
j'attends toujours que
des étranges corps célestes
viennent pour m'affranchir,
afin de retrouver ma pure sérénité.

EX-VOTO

Je suis l'angoisse que traîne le fantôme
J'ai ciblé les cieux mais touché les ténèbres
Je suis le supplice du moribond
Un corps convoité par les charognards
Je suis un arbre abhorré du printemps
Un loup banni par l'éclair de lune
J'ai vécu des centaines d'agonies
Elles ont creusé les rides de mon cœur
où coule un océan d'encre vermeil
et le verbe de jadis
Je suis une stèle, où, sur mes remords,
les chiens évacuent et s'émerveillent
Mais quand le vin de la paresse
berce mon cerveau farouche
et que son tanin s'attache à ma bohème
je suis une enfant, entre deux vins, qui dort.

LE DIEU DE LA NUIT

Le chagrin sur le chemin, le cœur sur les rails,
le train qui passe; la chair qui saigne
et qui saigne encore
et qui trépasse sur le chemin...
A venir ? Pas d'avenir
Des maux ? Toujours des mots...
Des verbes ? Panser et espérer, afficher
un sourire, puis accrocher un rire
Aujourd'hui, dans le Styx,
relents des oraisons funèbres,
subjuguée par l'immensité des abîmes,
j'ai entendu les sarcasmes
et saisi les soupirs des regrets.
La face sombre du suprême,
je l'ai regardé sans crainte!
Mais ne soyez pas timide, Dieu de la nuit !
Laissez-moi vous arracher les entrailles
et vous presser les os
et recueillir le jus de la mort
pour mon voyage à travers les orages meurtriers,
Ne partez pas ! Voyez comme je vous maudis!
Mon vœu est de mieux vous aimer
pour mieux vous faire souffrir !

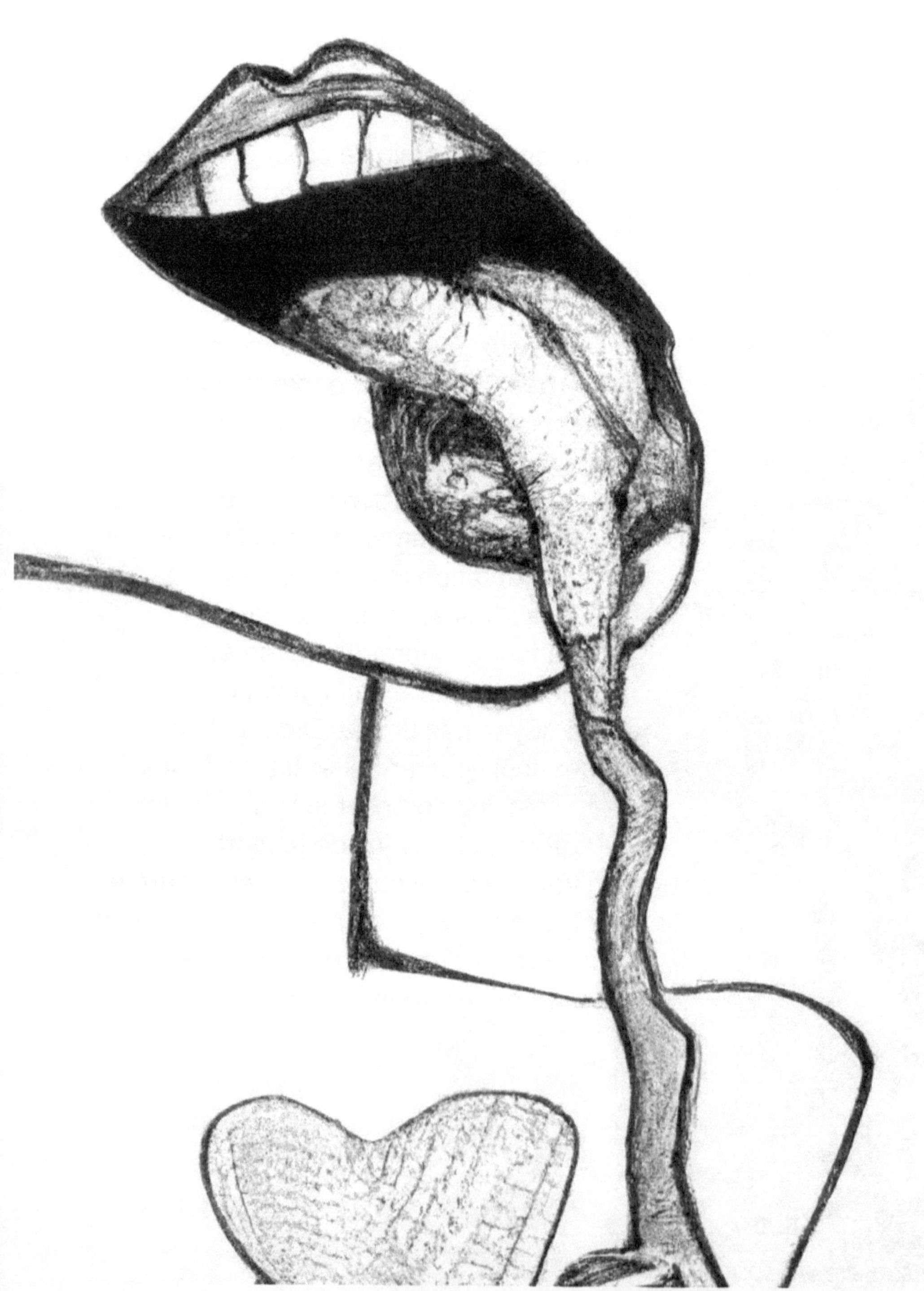

LA VOIX INTERDITE

Mes ongles ne sont que des lames de rasoirs sanglantes
Mes stores oculaires sont des saisons noires
Mon cœur est un insecte fou
Le fond de ma gorge est voilé par de violents accords.
Mon cuir réprouvé est une plage abandonnée
où les vagues ne veulent plus s' échouer.
Ma gorge est âcre des relents de ma genèse.
Mon cerveau est un paysage désolé
après le passage d'un ouragan.
J'ai oublié d' «être».

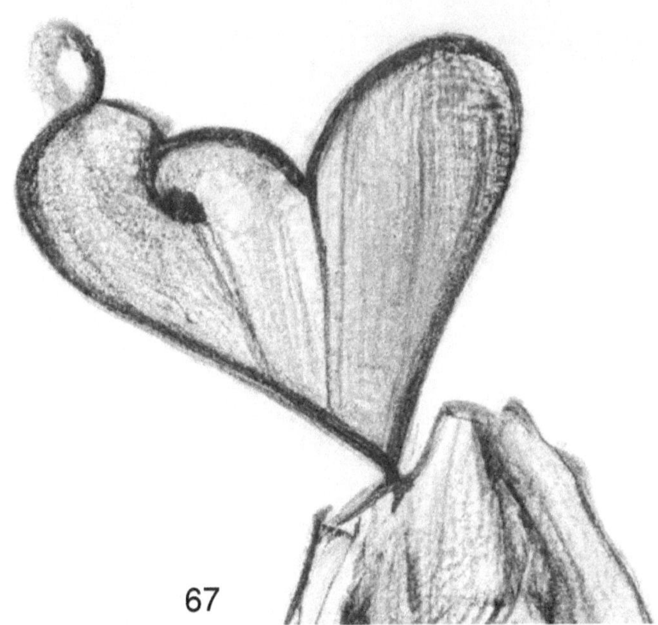

LA MAUVAISE HERBE

Nouvelle

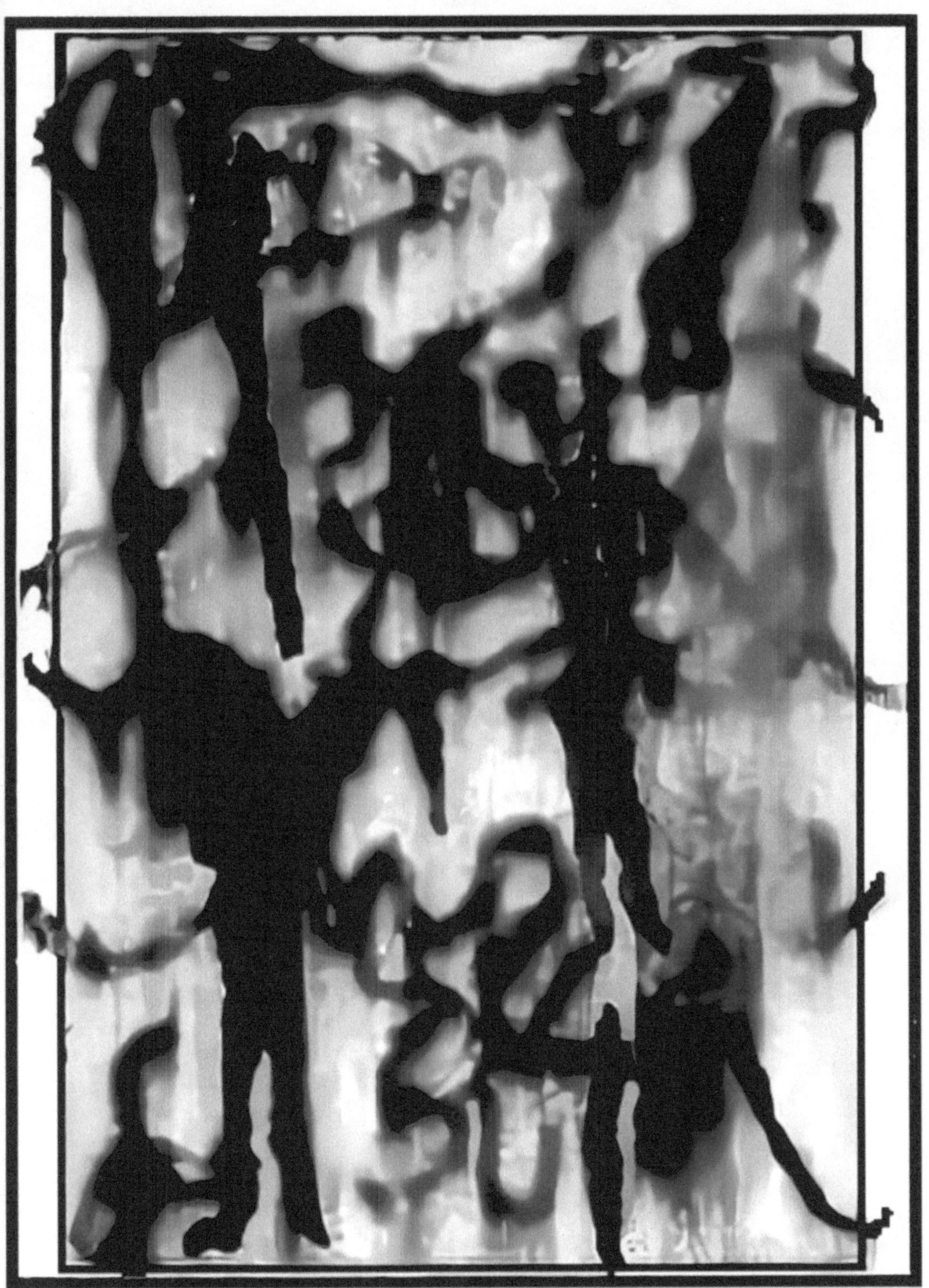

On m'installa dans la première chambre à gauche au premier étage de l'aile ouest de l'hôpital psychiatrique près de chez moi à Maubeuge. Le jour s'éteignait doucement, déjà. Je grelottais. Dehors, l'orage était d'or.

J'avais eu l'intuition de rassembler quelques effets personnels avant de m'y présenter, la boule au ventre, les nerfs à vif, avec la force cinglante de ce feu diabolique qui me porta jusque là-bas. Je savais pertinemment que j'y séjournerais quelque temps pour chercher à décroître le mal de plus en plus violent et fréquent dont je suis encore en proie aujourd'hui.

De ma fenêtre, même si les gouttes de pluie déferlent et la fouettent, les éclairs tombant comme des météores dans l'obscurité d'un soir de novembre, les quelques réverbères laissaient apparaître des arbres environnés de gazon avec des chemins qui articulent la forme d'un petit parc, dépourvu de fleurs saisonnières mais dans lequel il doit cependant faire bon se promener en dépit des grilles qui le cernent.

J'ai rapidement rangé mes affaires dans le placard à côté du lit avant que l'infirmière qui m'avait accueillie me fit faire le tour de l'étage en m'expliquant le règlement, les heures de repas, d'ouverture des douches et du couvre-feu.

Je lui dis que j'avais mangé mais que je n'avais pas encore pris mon traitement du soir. Elle me répondit qu'elle n'était pas en mesure de me le donner sans l'autorisation du médecin que j'allais voir inévitablement le lendemain. Alors je suis devenue furieuse et j'ai ajouté : « Je n'arriverai pas à dormir sans mon somnifère ! Et il me faut mes neuroleptiques ! Vous n'avez aucune idée de ce qui se produit quand je ne les prends pas ! Vous ne pouvez même pas l'imaginer ! Après tout, ça vous est égal ! Vous n'êtes pas dans ma tête ! Vous ne savez pas ce que je subis et les démons que je dois affronter, les batailles que je dois livrer pour ne pas perdre la boussole. Dans ces moments, chaque seconde semble une éternité ! J'ai peur. Je ne veux pas que « ça » revienne , je ne veux pas que « ça » recommence».

Elle tenta de me rassurer en m'affirmant que cela ne pouvait me nuire, même si je ne prenais pas les médicaments une seule soirée. J 'acquiesçai d'un mouvement de tête en souhaitant qu'elle ne me mente pas pour me ménager. Toutefois je savais que je n'allais pas dormir. Enfin, après avoir enfilé mon pyjama, j'eus l'autorisation, malgré l'heure tardive, d'aller fumer un « mégot » dans la salle des fumeurs, histoire de me détendre avant de préparer à rejoindre mes bourreaux nocturnes. Puis j'ai rejoint ma chambre, partagée avec la patiente qui dormait déjà, et me suis glissée dans mon lit, en attendant, nichée sous les draps, que le sommeil s'empare de moi et chasse le supplice quotidien de mes tripes qui saignent sur le seuil de l'horreur.

J'aperçois à travers les petites fentes des persiennes closes, les légers rayons de lumière artificielle de la cour, je sens mon souffle et les battements de mon cœur ralentirent de plus en plus, les paupières me semblent lourdes, il est 3h50 du matin.

On me réveilla à 7h30 pour le petit-déjeuner, je n'ai presque pas dormi, une migraine intense me boulonne le cerveau. Parfois, des choses qui lui sont extérieures le dérèglent et me font perdre le contrôle. A cet instant, en ouvrant les yeux et en me levant du lit, je suis prise d'une crise de panique. Une de ces angoisses qui entraîne chez moi ces phénomènes inexplicables me glace le sang. Mon corps est secoué de spasmes, ma respiration devient rapide et désordonnée, mon cœur bat si vite qu'il pourrait exploser dans ma poitrine, une sensation de Chaos me monte à la tête, je ne sens plus mes membres et mon corps, transi par l'adrénaline, tressaille et me devient étranger ! Ô NON ! ça revient ! Je m'agite,je secoue la tête en hurlant, mon âme se débat avec la matière de mon corps. Je me frappe. Je ne peux supporter ces dizaines d'âmes, en moi, qui me tourmentent. Elles se battent entre elles, elles se débattent, JE me débats ! Elles me font mal ! C'est immonde ! C'est inhumain ! Pourquoi toutes rugissent l'amertume de la désolation ! « Madame la Mort » me ronge les entrailles ! Quelle est cette entité qui me possède, met ma pauvre cervelle en ébullition et s'enflamme sous le parfum frémissant d'une colère inconnue.

Mon âme est si vieille. J'aimerais en endosser une nouvelle, toute «propre», toute «jeune» comme un vêtement. Celle-ci est déchirée, déchue, fracturée, fatiguée. Ô je la troquerais bien contre un dernier joint et une bonne bouteille d'absinthe ! J'ai la maladie de la conscience, inconsciemment, Vite, donnez-moi de la morphine pour atténuer la douleur et je danserai pour vous remercier ! J'ai eu tant de vies antérieures que je suis damnée pour l'éternité ! Cette souffrance est innommable ! Ce n'est pas Humain !

L'infirmière s'assied à mes côtés, me prend les mains en me disant que je dois respirer calmement, qu'il faut que je prenne exemple sur elle en me concentrant. Mes jambes persistent à bouger toutes seules, tous mes muscles sont tendus et ma tête tremble. J 'observe l'infirmière en étudiant sa respiration. Il me fallut plus d'une heure pour m'apaiser.

Je suis terrifée par ces crises stimulées par des malaises que je ne peux traduire. Arthur Rimbaud disait «JE» est un autre. Comme je le comprends ! Alors j'ai pris la dure initiative de me faire «interner» pour me protéger. Me protéger de moi-même. J'ai si peur de moi. Peut-être suis-je en proie à la folie !

Ils m'apportèrent exceptionnellement un plateau avec un bol de café au lait et un morceau de baguette, car le self avait, à l'heure qu'il est, fermé ses portes. D'habitude après ces conditions, je ne peux rien avaler mais je réussis tout de même à consommer la moitié du pain et à boire le café bien chaud.

J'avais toujours refusé d'aller consulter un psychiatre, suggestion de mon généraliste. J'ai cependant dû m'y résoudre car mon état s'aggravait. Depuis quelques années, je me fais donc suivre par une thérapeute qui est aussi le chef de service de cette enceinte qui ressemble à un coffre-fort. Je ne l'apprécie guère, je me trouve moins bien quand je sors de son bureau qu'avant d'y pénétrer !

L'infirmière repassa une heure après pour m'annoncer que la psychanalyste était arrivée et qu'elle désirait me parler. Elle me questionna à propos de la crise survenue dans la matinée. Je peinais à trouver les mots pour la dépeindre, néanmoins je m'y efforçais afin qu'elle «comprenne» quelque chose même si elle m'avait dit, lors d'une visite que je ne suis pas prête à oublier : « je ne suis pas là pour vous comprendre» ! Toutefois je fis abstraction de ses préjugés ou de ses commentaires puisque le principal était qu'elle me prescrivît mon traitement en l'adaptant, si nécessaire, dans le but d'éviter les troubles dont je suis la victime. Je sortis de son bureau en étant soulagée d'avoir obtenu ce que je souhaitais. Après tout, je n'attendais rien d'autre de sa part.

J'ai regagné ma chambre pour y faire ma toilette dans la petite salle de bains. Je m'habillais et me relaxais en fixant le ciel à travers la fenêtre depuis mon lit.

La journée ne faisait que commencer et déjà elle me semblait interminable. J'ai le droit aux visites mais je ne veux pas en bénéficier. Je préfère rester seule. La visite de mes proches a tendance à me mettre mal à l'aise. La vue de l'inquiétude dans leurs yeux ajoute un sentiment de culpabilité que j'ai déjà.

Le déjeuner approche mais je ne vais pas descendre au réfectoire, je n'ai pas faim. Je veux rester dans ma chambre et, de temps à autre, aller allumer une clope.

Je ne peux pas lire ou regarder la télévision car je ne parviens pas à me concentrer et je préfère éviter la présence des autres à l 'exception de la patiente qui partage ma chambre, Brigitte. Elle est un peu plus âgée que moi et, par chance, est sympathique et discrète. On échange parfois quelques conversations. Sinon, entre les cigarettes et les promenades brèves dans le parc, je feuillette tout de même des magazines qui me sont prêtés. Je regarde les photos et lis parfois des articles sur la vie des stars. Je n'affectionne pas ce genre de lecture mais cela permet de ne pas solliciter une grande faculté d'attention pour comprendre le sujet.

Mais lorsque nous devons manger, il faut aller au réfectoire avec tout le monde, c'est à dire une soixantaine de patients, il n'y a pas d'autre alternative.

On frappe à la porte, il est 18h, c'est la distribution des cachets. Ensuite à 18h30 c'est le dîner. Je vais prendre un potage et un de ces plats copieux pour rattraper mon jeûne de ce midi afin de m'épargner une éventuelle fringale durant la nuit.

Dès la fin du repas, je me précipite à mon étage pour allumer une roulée et paresser devant la télé. Seulement je ne suis pas seule, deux autres malades m'avaient précédée. Impassibles, ils regardent les informations et ont l'intention de suivre une émission de télé- réalité. Je déteste mais qu'importe, je vais m'attarder un peu pour me détendre avant d'aller me coucher. J'ai envie de tirer avantage de cette occasion où je me sens bien car elles sont rares.

C'est étrange, je peux me créer des affinités avec quelques patients ou les mépriser. Plusieurs aiment parler de leurs problèmes, ce qui ne me plaît nullement. En ce qui me concerne, je n'aborde jamais le sujet, je considère que ça ne regarde personne sauf les soignants, si le besoin se fait sentir, mais ils ne prêtent malheureusement pas tous la même attention. Je ne sais pourquoi, mais même si c'est la profession qu'ils ont choisie et le lieu pour l'exercer, je peux percevoir chez certains, de l'arrogance ou un dégoût à notre égard.

On m'a fait entendre qu'il fallait parfois se montrer un peu égoïste car, souvent, par amour, avoir fait passer certaines personnes avant moi m'ont conduite à mon affliction.

Mais nous sommes ici tous dans le même bain, nous, les «malades mentaux» en ayant chacun une pathologie différente. Mais qui peut se douter qu'un jour on en fera partie ? Peut- être ai-je, quelque part, toujours su, depuis ma satanée enfance que j'étais une bombe à retardement. Qui aurait pu connaître l'élément déclencheur qui l'amorcerait ? Mais il n'existe pas de remède pour étouffer le feu d'un cristal de bohème que j'ai moi-même soufflé. Naturellement, mieux vaut se préserver de révéler à quiconque nos séjours dans ce genre d'établissement, parce que sinon nous sommes considérés comme «fous», «aliénés» et les gens se sauvent en prenant leurs jambes à leur cou ! Nous devenons des personnes peu fréquentables parce que nous sommes «différents» et ce qui nous distingue est sans doute le fait de connaître trop bien l'absurdité de la vie car nous sommes plus sensibles et nous voulons échapper absolument à sa banalité. Pourquoi cela leur semble-t-il honteux d'être «mal dans sa tête» ? Ce que ne connaît pas l'Homme lui fait peur. Alors ils préfèrent dénigrer, rejeter. Il est plus facile d'admettre une maladie dont les symptômes sont concrets, comme un cancer du sein, du pancréas ou d'un rein. Mais le « cancer de l'âme » ne se voit pas sur les radios! Pour eux nous sommes ceux qui « exagèrent »,qui « simulent », voire qui «se plaignent» ! Mais nous revendiquons juste le droit de nous faire entendre. Il faut savoir accepter la différence. Ceux qui n'ont pas nos maux ne prennent pas la peine ou ne sont pas en mesure de savoir ce que nous endurons. Nous sommes des gens qui nous comprenons comme si nous venions de la même planète. Après tout comment rivaliser avec ceux qui meurent de faim, les infirmes ou les condamnés!

Hé bien nous, nous sommes damnés, contraints à errer en enfer quotidiennement. Nous sommes des paquets de viande ficelée, à la date de péremption dépassée dès sa genèse, des produits aux codes barres défectueux qui fonctionnent grâce aux substances qu'on leur fait absorber.

Désormais il est 21h50, je viens d'écraser ma cigarette et ce qu'il y a à la télévision m'ennuie, je choisis de rejoindre mon lit. Je salue les deux patients qui étaient là et je vais chercher mes comprimés avant d'aller dormir pour ne pas perdre la boussole. C'est ça ! Dans ma situation il faut «garder le cap pour ne pas perdre le nord» puisque d'après la psychothérapeute, je suis bipolaire, c'est-à-dire soit très énergique et euphorique soit dépressive et si éreintée qu'il me faut, quelquefois, me reposer les après-midi. On me dit aussi borderline, et schizophrène, mais peu importe le terme qu'on attribue à mon mal. Il empoisonne mes racines qui enveniment mes branches et pourrissent mes feuilles. (Un ami m'avait murmuré un jour que j'étais «le roseau qui plie mais ne cède pas». Cela évoque le nom que l'on m'attribuerait si je faisais partie d'une tribu indienne!)

Enfin, j'ouvris doucement la porte de ma chambre et Brigitte dormait déjà. Je mis mon pyjama et j'aspirai à ce que la somnolence vînt vite me quérir. J'ai fait un cauchemar où j'étais l'objet de mon propre supplice qui se réalisait dans une télé. Des anecdotes accompagnées de symboles sarcastiques, ironiques, sadiques défilaient au bas de l'écran comme des sous-titres. Cela se passait à l'hôpital. J'étais poursuivie par « l'Idole », une présence sombre, démoniaque, chargée d'yeux qui me fixaient, fondus dans les murs qui m'observaient ! Je courais à travers les couloirs, me cognant de tous les côtés, je me cachais là où je pouvais dans certains recoins. J'étais traquée comme une bête sauvage! Je pleurais et je haletais. Puis, tout à coup, là, sur les murs, je vis des blattes géantes qui grouillaient de toutes parts ! Je me mis à hurler et à galoper en me claquant encore et encore contre les parois à force de fuir sans savoir où me réfugier. Je m'écorchais les mains à force de les écarter en les écrasant, terrorisée ! Puis il y avait cette «chose» : «l'Idole» qui me voulait! Angoissée, déambulant, et me retournant sans cesse je remarquai, un peu plus loin une voix sans issue, je me dis que j'allais être, à cet endroit, en sécurité. Je pensais que je les avais semés. Je me réfugiais dans le fond, assise sur le sol, recroquevillée sur moi-même, je tremblais de peur. Je me répétais sans cesse: « Elle ne m'aura pas, elle ne m'aura pas... » Je posai ma tête sur mes genoux entourée de mes bras. Soudain des chuchotements attirèrent mon attention. Je me redressai doucement et je vis, totalement affolée, devant moi, une porte grande ouverte qui donnait sur une petite pièce. Des patients étaient assis, m'observaient et chuchotaient ! Je me dis alors «Cette salle n'était pas là il y a un instant ?», ils se regardèrent, se moquèrent de moi et me dirent que cette salle était là depuis longtemps et qu'ils m'avaient vu arriver. Je rétorquai «Vous mentez, c'est faux ! Quand je suis arrivée il y avait une cloison ! Cette pièce n'existait pas !». «Mais tu es folle !» répliquèrent-ils tous à tue-tête. Ces mots résonnaient dans ma tête comme si on repassait et repassait la bande son sans interruption! Je secouai la tête, je me frappai, je ne comprenais plus. Je voulais pousser les murs avec mes mains comme si, par magie ou par chance, ils allaient céder et m'offrir un chemin pour fuir. Puis, de loin, à l'autre bout du couloir je vis un infirmier passer. Je criai : «Infirmier s'il vous plaît, à l'aide !» tout en m'approchant de lui. Je vis avec dégoût qu'il ressemblait étrangement à mon père. Tant pis, il fallait à tout prix que je lui parle. Quand il me vit en détresse, il m'emmena à l'infirmerie.

Il écouta mon histoire puis me dit que cette «Idole» dont je parlais était le fruit de mon imagination. Cependant j'étais toujours dans MA réalité. Je me mis à répéter : «Ha, non! Pas l' «Idole», NON!» Je savais qu'elle se nourrissait de mon désarroi. Mais tous ces yeux, à qui appartiennent-ils ? Que me veulent-ils donc ? Ils me terrifient et à la fois m'attirent, m'hypnotisent et à ce moment là je suis épouvantée car je n'ai plus aucun contrôle. Je ne sais plus ni qui, ni où je suis. Le problème est de savoir ce qui est réel et ce qui ne l'est pas ! Quelle est cette part de réalité qui est en moi ? Alors je me mets à crier comme si c'était la seule façon de me prouver que je suis vivante, que j'existe ! Tant qu'on hurle on est vivant. Il m'arrive de considérer que la souffrance physique est plus supportable que la souffrance morale. Elle est juste plus facile à guérir et à comprendre.

L'infirmier me demanda de me reprendre et m'affirma que j'étais à l'abri, que personne ne me voulait de mal, que toutes les choses dont je lui avais fait part n'étaient pas réelles.

D'habitude, lorsque je fais un rêve, quelque chose m'en extrait mais dans ce cas, c'est comme si une force profonde, inconnue m'aspirait vers les ténèbres pour entraver mon réveil.

Ensuite, après avoir bavardé avec l'infirmier, j'étais dans un état de détresse tellement inimaginable que j'ai pensé que je devais me tuer! Et, tout à coup, à cet instant j'ouvris les yeux, soulagée de m'apercevoir que ce n'était qu'un atroce cauchemar. Il faisait déjà jour. Je voulus consulter mon réveil et découvris avec stupéfaction qu'il avait disparu! Puis mon lit avait changé de place, ma chambre était plus petite et j'y étais seule! Il n'y avait plus qu'un lit! C'était inconcevable ! Et j'avais encore une de ces migraines qui me ravageaient le crâne. Automatiquement je portai mes mains sur mes tempes et je criai. J 'avais mal ! Mes mains me faisaient mal ! J'avais une attelle aux deux mains et une grosse bosse sur le front, des bleus sur les jambes et les bras. Bref, sur tout le corps. Des courbatures m'empêchaient presque de remuer ! Je ne comprends pas ! J'examine ma montre et constate avec stupeur qu'il est tard dans la matinée ! Je ne me rappelle pourtant pas avoir pris mon petit-déjeuner ! Mais que m'est-il arrivé ? Horreur! C'était la salle d'isolement! Qu'est ce que je fais là? Je ne me souviens de rien, que s'est-il passé? Oh, NON! Pas ça! Ce n'était pas un cauchemar?! Quelle est la part de rêve et celle de réalité?! Qui suis-je?! S'il vous plaît, ouvrez-moi! Répondez-moi! J'ai peur de moi! J'ai peur de «l'Idole»! Elle me veut! «NON» Mais alors si mon cauchemar n'en était pas un, si je me suis blessée lorsque je fuyais, alors tout cela est vrai?! Non! Je ne veux pas! J'ai peur de moi! Je suis perdue! Aidez-moi! Répondez-moi!

www.ingramcontent.com/pod-product-compliance
Lightning Source LLC
Chambersburg PA
CBHW051808130726
47987CB00003B/1162